설산에 오르니

미래시선 150

설산에 오르니

· 지은이 | 김종호
· 펴낸이 | 임종대
· 펴낸곳 | 미래문화사

· 찍은 날 | 2010년 6월 10일
· 펴낸 날 | 2010년 6월 15일

· 등록 번호 | 제3-44호
· 등록 일자 | 1976년 10월 19일
· 주소 | 서울시 용산구 효창동 5-421
· 전화 | 715-4507 / 713-6647
· 팩시밀리 | 713-4805
· E-mail | mirae715@hanmail.net
· 홈페이지 | www.miraepub.co.kr
ⓒ 2010, 미래문화사
· ISBN | 978-89-7299-380-3 03810

설산에 오르니

김종호 제2시집

미래시선 150

미래문화사

그리하여

오늘은 어제를 잃었습니다.
그리하여 날마다 잊히면서
버티던 그리움마저 무너지면
그것은 죽음보다 슬플지라도

어제 대신에 내리신
오늘은 나의 슬픈 운명
눈빛을 마주하여 미소 지으며
한 편의 시를 읽으며, 내일
오늘을 기다리기로 하였습니다.

그리하여 오늘
나는 아무도 낭송하지 않는 시
조각가의 망치와 정으로
천상병의 노을을 새기다가
소소한 바람 나뭇잎을 흔들고 가면

그리하어 천지에
기억의 먼지 하나도 아닌 날
그의 먼 나라 영원한 희열, 드디어
당신의 시 한 편으로 탈고하리니.

차례

서시 · 4

새해의 기도 · 1

조락凋落 · 15

새해의 기도 · 16

해체 · 18

집 · 20

별세 · 22

벌판에 서서 · 24

세월이 익어가는 · 26

빨래 · 27

좀녀 · 28

편지 · 30

하루 · 32

태양은 하늘에 높이 빛나고 · 34

소라껍데기 2 · 36

소라껍데기 3 · 37

2 · 보고 싶다 말하면

41 · 애월우체국 3

42 · 손뼉소리

43 · 소금

44 · 상치

45 · 등을 대고 앉아

46 · 그리움을 지우며

47 · 보고 싶다 말하면

48 · 기쁨과 슬픔

49 · 오솔길

50 · 산벚꽃

51 · 인동초 2

52 · 미풍에 떨리는 촛불

53 · 너무 멀어서

주술 · 3

바닷게 · 57

캡 · 58

주술呪術 1 · 59

주술 2 · 60

주술 3 · 61

사랑 한 번 왁자지껄하다 · 62

방귀 · 63

만남 · 64

새벽을 깨우는 소리 · 66

과속 방지턱 · 67

뚝배기 · 68

비우라 하네 · 69

뱃사람 · 70

4·새소리

75·나의 시詩야!

76·봄노래

77·한 편의 시

78·유채꽃

80·장미

81·우리 집 땡감나무

82·호박꽃

84·가을 1

85·가을 2

86·가을 3

87·봄

88·가을 샘터에서

90·새소리

사랑은 나무를 심는 것 · 5

좋은 하루의 기억 · 93

가난한 마누라 · 94

바다로 사는 아이 · 96

나무를 심는 것 · 98

거울 · 99

바다가 보이는 국밥집에서 · 100

자장면 · 102

사촌동생 · 103

메뚜기 · 104

지는 해는 붉은 노을을 남긴다 · 106

6 · 설산에 오르니

109 · 촛불

110 · 진실

112 · 푸른 나무

113 · 도둑

114 · 다람쥐

116 · 하늘은 비를 내리고

117 · 오병이어

118 · 눈물을 내리셨습니다

120 · 눈이 슬픈 바람

122 · 땅 한 평

123 · 간이역

124 · 설산에 오르니

126 · 빈집

127 · 그물

128 · 섣달그믐

131 · 발문跋文

새해의 기도

조락凋落

바람이야 5월의 찬란한 설렘이지만
등꽃연등을 환하게 흔들다가
친구여!
아침에 문득
조락의 슬픈 눈빛을 마주한다.

삼대독자 K는 고교생으로 장가들더니 원수처럼 술만 퍼마시
다 가고, 사는 게 싫다며 J는 자박자박 물속으로 들어가고,
도끼로 열 번을 찍어도 자빠질 것 같지 않더니 K는 쓰러지
자 다시는 일어나지 못하고, 조강지처를 버리더니 후처에게
도 쫓겨난 K는 전마선처럼 꽁무니에 달고 다니던 어린 아들
달랑 남기고 갔다. 한 때 성안 이름난 요릿집에서 펑펑 쓰던
큰 손도 썩고, 문득 보니 허공에 눈빛들만 말이 없네.

노란 상념에 젖은 11월
등나무는 등불을 끄고서
빈가지만 흔들고

눈빛도 주지 않고 가는 계절
여전히 물속을 몰입하는
목이 긴 물새 한 마리 있네.

새해의 기도

새벽닭이 홰를 치며 울어댑니다
광야에 외치는 소리입니다
회한이 출렁이는 강가에
촛불 하나 들고 섰습니다.

허구의 꽃은 화려하여
사랑은 온실에서 피는 장미
풍족하여 더욱 피폐한 가슴은
가자미의 눈으로 해를 가리고
한여름 시냇가의 무성한 기도는
서늘한 그늘에 요란한 매미였습니다.

오오, 당신의 강물에
빠져서 죽겠습니다.
죽어서 시취屍臭의 허물을 벗고
나비의 날개 하나로 팔락이게 하소서.

당신의 샘에서 길어 올린 눈물로
어느 여린 눈물을 닦게 하시고
장님의 진실로
장님의 지팡이이게 하소서
미움만은, 미움일랑은

뼈를 깎아서 십자가이게 하소서.

새해에는 새 노래이게 하소서.

해체

웬 일로 닭들이 난리인가
달걀을 두 개나 삼킨 구렁이, 똬리를 틀고
태초에 하와를 넘어뜨린 저 유혹의 눈
나를 겨냥하여 시위를 당긴 불꽃
스윽 슥 미끄러져오는 노란 현기증
바르르 근육이 얼어붙는 순간
눈을 감은 각목은 연거푸 바람을 가르고
나를 어째보려던 놈은
눈을 빤히 뜬 채 150Cm로 길게 누웠다
거대한 황구렁이 비늘마다 햇빛이 꽂혀 있다

햇살이 눈부신 아침에
닭들은 또 웬 농성인가
살과 내장을 발라먹은 구더기들
와글와글 단백질을 보시하고
몰락한 파충류왕국의 최후의 왕은
뼈와 껍질로만 빠삭 마른 미라
이집트 파라오의 영원을 꿈꾸고 있나

늘 뒤통수에 엉겨있는 칙칙한
살인자의 불안으로 다시 찾은 현장에
장사진을 친 개미들의 세련된 해체는

장사의 섬세한 지네발 같은 상아조각
그 미려한 예술을 완성하고 있었다

그 겨울, 폐원한 농장엔 바람이 스산하고
어찌되었을까, 그 때 그 구렁이왕?
지상의 모든 길은 오직 한길
그토록 고집하던 그의 견고한 구조를
흰 눈처럼 뿌려놓고, 미련 없이
중생대의 바람으로 불고 있었다.

집

집이란 때로 얼마나 떠나고 싶은가
풀숲 빈 둥지에 햇살이 고일 때
멀리 새들이 날아간 하늘을 본다

날마다 발자국을 헤다가
내가 겨워 떠난 적이 있지만, 그날로
나그네는 돌아갈 꿈으로 산다
붐비는 저잣거리, 배들의 항구에서도
밤이면 고향 바닷가를 맴돌다 오곤하였지

어두워가는 골목길에서
즐거운 아이들은 밤이 오는 것도 잊지만
가난한 두렛상에 온 식구가 둘러앉아
하루의 허기를 풋풋한 웃음으로 채우고
어린 새들은 쌔근거리며 꿈을 꾸리라

언제, 어디쯤이었을까
탯줄을 물고 꼼지락거리던 세상
떠나온, 그 아득한 에덴의 지문
시나브로 스러지는 노을 앞에 서면
길 끝에 외로운 영혼
시원의 그리움만 너울져간다

여행은 그 길에
집으로 돌아가는 것, 오늘도
하루해가 길 떠나고 있다.

별세
-친구의 모친상

향년 98세의 노모께서는
너무 오래 사셨단다
"체시는 뭣 햄신디?*"
푸념을 달고 사시더니
그예 연을 놓으시고 뒤도 안 돌아보신다

(어떻게 알았을까, 회귀한다는 것을.)

70줄에 들어선 아들딸들
눈물도 없이 마른 곡소리와
문간에 조등弔燈 3일을 밝히더니
깨진 쪽박 미련 없이 버리고
강물은 소리 없이 흘러간다

떠나는 게 서럽지 않고
잊히는 게 서럽다 하던가

어둠을 걸어와서
한세상 질펀하더니
다시 어둠 속을 걸어가면
터널 끝에 환하게 눈이 뜨여서
드디어 기획하신 이의 뜻을 보게 될까

*체시는 뭣 햄신디: ‘염라대왕은 뭘 하면서 데려가지 않는지?’ 제주 방언

벌판에 서서

벌판에 서면
아득히 달려가는 하늘과 땅

기억도 흔적도 없이
무균의 발원지에서
행복이란 그런 것이었을까
세상모르고 살았던 열 달

줄곧 질척거리면서
또 흙을 파먹으면서
열 손가락을 헤던 100년에
눈을 감았다 뜨면
그리던 고향 가는 길일까

땅을 딛고 서서
한숨을 지며 하늘을 본다
주저앉아서도 하늘을 본다
떠나고 싶으면 하늘을 본다

땅은 무겁고
두려운 하늘에
흰나비 펄럭이며

고단한 하늘을 저어간다.

세월이 익어가는

불타는 가뭄에 먼지만 풀풀 날리는 아프리카 초원
머나먼 석양을 코끼리 떼가 흐느적거리며 가는데
늙은 어미가 아니고서야 만 리 길을 헤아려나 갈 것인가.

썩지 않고서
깊어지는 사랑이 있던가
그 세월에 익지도 못하고
하늬바람에 우는 삭정이

가을 들판에 서서
산들바람에 가슴을 열고
짧은 볕 골고루 뒤채면서
설익은 것들 재촉하리라

보아라!
섭리 헤아려 가는 길에
코뚜레 꿰고 모질게 다스림 없이
안개 속 가뭇없이 저무는 길을
찾아가기나 할 것인가.

빨래

햇살도 파란 날에는
때 묻은 일상을 털고
하얗게 펄럭인다.

질긴 등가죽이 측은하여서
겨우내 눌려서 딱딱해진 요호청
분별없이 염치없는 배
허물을 감추어 덮어주던 이불호청

밝음의 그늘에서
맑음의 뒤 안에서
불면의 그 오래 묵은 때
나태와 오류와 맹목과

독한 양잿물에
100도의 기도로 삶아서야
저렇게 푸른색으로
눈부시게 춤을 추나보지.

좀녀*潛女

사는 게 서러워서 억센 좀녀
하늘을 차고 물속에 들면
꼴깍꼴깍 목숨을 삼키면서
모진 삶을 건져낸다
거친 물살 움켜쥐고
이녁 새끼들 꿈을 캐고
지아비도 등에 지고
ㄱ웃ㄱ웃 타지는* 숨
바닥을 차고 나올 때
하늘을 보랴 임을 보랴
호이-
숨비소리* 허공에 촉촉하다
쇠牛로 못 태어나서
좀녀로 난다 했던가
먼 할머니 적 내림의
숨이 멎는 어미의 길, 물질*
더는 이어갈 어느 딸년도 없고
늙은 뼈 턱 놓고 싶어도
차라리 운명으로 지고 가는 멍에
파랗게 시린 입술 덜덜 떨며
한 망사리* 부치게 지고 나는
목숨 주고 건져낸 금빛 소망

저녁햇살, 청동 빛 두 다리에 부실 때
하루치의 삶이 수평선에 노을 진다.
숨비소리 긴 한숨이 진다.
내일은 날씨가 좋으려나.

*줌녀: 해녀를 이르는 제주 방언
*ㄱ옷ㄱ옷 타지는: 숨이 곧 끊어질 듯 목을 꿀꺽이는 의성어.
*숨비소리: 잠수했다가 물 위로 나와서 숨을 가다듬는 휘파람.
*물질: 잠수질
*망사리: 그물처럼 성기게 짠, 채취한 해산물을 담는 망태. 뜨도록 망에 매
단다.

편지

애월우체국의 늙은 선인장은
백 살이 넘도록 살면서
해마다 수백 송이 편지를 띄운다는데
그 노란 꽃들이 몽매를 헤매다가
문득 내게로 돌아오는 편지라 하네

제 꼬리를 자르고 지는 유성의 눈빛
그 산에 뻐꾸기는 나를 부르다가 목이 쉬고
동백 푸른 잎에 시침을 떼고 앉은 멀뚱한 청개구리
마른 풀잎에 내려 눈물 반짝이는 첫서리
합장하는 간절한 마음에 내리는 섬섬한 달빛이
그의 한결같은 사랑의 편지라 하네
그 오랜 속삭임이 절절이 글썽이네

갯바람 머플러에 감추고 떠난 이여,
섬 그늘에 갈매기의 소리는 여전히 쓸쓸하다
왕대포 한 잔에 손을 놓지 못하던 친구여,
어느 산 그림자 지는 길을 서성이고 있나
그러고 보니 은사님께 전화 한 통도 못 드렸네
그래, 길에서 만난 아무나에게 환하게 웃어주자
우리 부모님 잘 계시는지, 꿈길에 찾아뵙겠네
저 세상으로 간 친지들 안부도 물어보겠네

요즘은 하나님께 문안인사도 뜸했네

생각해보니
손바닥 선인장 노란 꽃보다
더 많은 편지를 써야하겠네.

하루

너그러운 햇살이
어린 싹들을 어루만지고 가는 하루가
그냥 해가 뜨고 지는 것뿐이던가
도시의 밤거리에 서면
네온은 붉은 고기, 왕성한 식욕이
눈빛도, 미소도, 목례도 없이
세렝게티에 비릿한 바람이 불어간다

속절없이 유행가나 부르는 사랑과 이별
눈을 비비는 컴퓨터의 욕망은
백층 위에 날마다 한 층씩 높여가고
야광 반짝이재킷을 입은 미화원들의
목숨을 건 새벽과 숲을 잃은 고양이가
심장과 창자를 팽개치고 아스팔트가 되는
한마디 대화도 너무 길어서 피곤한 하루가
저 바람 너그러이 풀잎 어루만지고 가는
사랑하고, 그리워하고, 슬퍼하는
하룻길이니

오늘도 꽃들은 피었다 지고
작은 새들의 날갯짓이 저무는 하루
달빛이면 고요하여라

바람이면 무심하여라
소리 없이 지는 물비늘 하나로도
너끈히 수평선을 건너지 못하랴.

태양은 하늘에 높이 빛나고

나의 깊은 잠 속에 웬 그림자
소리 없이 물살을 가르더니
번뜩이는 그 오래된 포성
아닌 날, 어미의 가슴을 찢었네.

술래야, 눈을 감은 술래야!*
어디 가서 찾을거나,
천안함이 지키려던 두 동강 난 평화를
물속에 수장한 통일의 젊은 염원을
눈이 붉은 영혼아, 막막하여라.

할머니 마른기침, 쿨럭이는 소리만 남겨두고
어린 딸 애타게 부르는 "아빠!"를 뒤에 두고
저는 한 점 남김없이 조국에 바치고 떠났어라.

웬 일인가,
그대의 빈자리에 굳건한 돌 하나
죽어서 영원히 사는 돌 하나
이 늙은 가슴에 묻고 살라하네
하여 강산에 먹구름 몰려오고
동산에 갈까마귀 우짖는 날에
돌에 새긴 그대를 목 놓아 부르리니

그대 이글거리며 타올라, 타올라
우리, 저 어둠을 불살라 먹으리라.

보아라,
위대한 태양은 하늘 높이 빛나고
다시는 이 땅에
음습한 무당의 주문은 들리지 않으리니
자식 잃은 어미의 통곡으로
하늘 무너지는 일은 두 번 다시 없어야 하리니.

*김준기 시인의 시 <꽃무릇 전설>의 '술래야, 슬픈 술래야' 에서

소라껍데기 2

날은 날을 불러오고
빈집이 무료하여
종일 햇살이 반짝이고

밤은 밤을 손잡고 와서
땅거미 지는 초저녁부터
별빛이 내려와 소곤거리다 간다.

삶을 버리면
걱정도 없어지는가,
이렇듯 무료하여지는가!

종일 귀를 열고 있어도
바람은 휘파람을 불다가고

어쩌랴,
저 파도소리.

소라껍데기 3

누가 부르는 듯
겨울 백사장에 서면
거기, 서성거리는
눈물이 반짝거리고 있다

떠나면 돌아올 수 없는 것
다시 돌아와 그 자리에 서도
고향, 먼 날에
사구의 높이로 쌓이는 것들

걸어도, 걸어도
닿을 수 없어

붕붕—
빈 소리로
바람 따라 간다.

보고 싶다 말하면

애월우체국 3

애월우체국 뜰에
빨간 우체통
노을이 지도록 말 한마디 없다.

내 소싯적
두근거리는 가슴 얼른 밀어 넣고는
시험 친 아이처럼 하늘을 올려다보았다
기도라는 걸 처음 하여보았다

이 가을
온 숲을 붉게 물들여놓고
그 사람,
단풍들고 있을까

이따금 바람만 기웃거리는
시골 우체국 뜰에
생각도, 말도 잊어버린
빨간 망부석

늙은 은행나무는
한 잎, 두 잎
노란 시간을 내리고 있다.

손뼉소리
－메아리

소리쳐 부르면
메아리가 운다

어느 순간 네 안색이 변할 때
돌아서는 등짝에
내 모습이 슬프다

언젠가
아내가 부엌에서 몰래 울 때
발길에 찌그러진 양푼이 나를
마구 찌그러뜨리는 거였다

잊고 있었지만
네 슬픔 위에 가만히 손을 얹자
네게로 걸어간 나의 슬픔이
그 먼 길에 번져서
메아리 돌아와 맑게 울었다

길에서 만난
어느 미소가, 그리고 슬픔이
그게 나의
손뼉소리였다는 것을 모르고 살았다.

소금
―눈물

미로 수만리
걷다가 주저앉아
그렇게 오래 빚은 슬픔
빛나는 결정

소금이
눈물을 저린 옹이라는 걸
숨어서 울어본 사람은 안다.

차마 버릴 수도
돌아설 수도 없어
행간마다 하치되어온 것들

일시에 사무쳐 떨릴 때
언제 어디였을까
길을 잃은
그 사랑 하나
돌아보면
반짝이는 것을……

상치

는개 사나흘 추적이더니
상치 노란 떡잎이
우지끈 땅을 열고 나와
자고나면 한 치씩 자라는 것이
고 것 참, 비대증에 걸리겠다

아무리 땅을 파보아도
내 눈엔 아무 것도 보이지 않아서
"뭘 파먹고 잘사느냐?" 했더니
샛노란 것이 대놓고
"섭리 좇아 살아라!" 한다
"에끼, 고얀 놈!" 하다가
내가 아무래도 잘못 살았다, 싶다

참새도 먹이시고
백합도 고운 옷 입히시고
다 하나님이 사랑하는 것들이다.

등을 대고 앉아
―모스 부호

떠나는 사람의
등 뒤로
하늘이 너무 넓다.

보는 게 겨워서
돌아서지만
이별의 말 파르라니
목에 차오르는 밀물

차라리 등을 대고 앉아
화선지에 배어오는 온기
36도로 말을 할까

톡 톡 톡
심장 뛰는 소리
영혼으로 오가는
모스 부호로 말을 할까.

그리움을 지우며

그 달 아래
물밀어 오를 때
무엇이 가슴을 뜨겁게 하던지
찰랑대는 물소리를 듣노라니
내밀한 얘기는 말없이 오가고, 드디어
별들은 우리의 얘기를 수군거렸지.

별을 걸었건만도
웬 그림자처럼 어른대던 것
사랑은 아이가 버린 장난감이라고
그렇게 가뭇없더군.

저무는 갯가에
바람이 부르는 소리
하염없이 부서지는 물비늘
놓고 가는 거라고
지고 가는 거라고
해무 짙은 바다에
새소리 건너고 있다.

보고 싶다 말하면

보고 싶다 말하면
한 없이 배가 고파온다

(장발장, 빵과 바꾼 시꺼먼 세월)

밤 깊은 나의 뜰에
달빛 능라비단을 펴고

먼 데 이여,
해조음 찰랑이는 이여!

기쁨과 슬픔

기쁨은 노란 물감 한 방울
맑은 물에 햇살이 번져갑니다
어떻게 할까요?
봄 들판에 아지랑이
아롱아롱 하늘로 오를까요

슬픔은 파란 물감 한 방울
화선지에 안개가 자욱합니다
어떻게 할까요?
저 구름 무거워서
부슬부슬 숲으로 내릴까요

오늘도
기쁨은 스쳐가고
슬픔은 줄줄 내려
갯가에 서성이는 바람입니다.

오솔길

숲속의 오솔길은 혼자 가는 길
가다보면 소곤소곤 다가오는 길
바람은 졸고, 구름은 게을러
새소리만 끼리끼리 걸어가는 길

뻐꾸기 소리 깊은 산속에
5월의 신부는 순결하여라
찔레 하얀 너울은 향기로워라
숲의 노래는 꿈을 꾸어라

오솔길은 숲속에 숨어있는 길
없는 듯 가다보면 열어주는 길
휘파람소리로 불어가는 길
숲속에 숲이 되어 깊어가는 길

산벚꽃

뽀얀 하늘에
흐드러진 웃음소리

둥 둥 둥 둥
봄 축제의 북소리

전율 이는
아뜩한 사랑의 진술

막막하여라.

하르르 하르르
4월의 함박눈이여,

첫 키스 타는 기억
빈터에 쓸리는 흔적이여.

인동초 2

달 속에
소녀 있었네.

새는 나뭇잎을 흔들고는 떠나고
달이 진 자리에
꽃씨 하나 심어놓고 갔나

그 겨울은
몇 십번을 울다 갔나

여린줄기 울다가
긴 운명으로 기어 나와
물 때 기다려 눈썹달 띄우고
하얗게 피어나는 인동忍冬 꽃

밤이면
가슴에 피는 꽃.

미풍에 떨리는 촛불

빗소리 가슴에 고이고
풀잎들 일어서는 소리

누구신가
이 밤
촛불 흔들고
길 떠나시는 이

미풍에 떨리는 촛불은
폭풍의 들판을 지나
빈터에 다다른 자의 기도.

그대,
이제
손을 놓으시지요.

너무 멀어서

멀어서
그리운 수평선입니다.

멀어서
무지개는 눈물입니다.

물속에 깊은 달은
언제 적 사랑인지요.

이 가을
국화향으로 오시는 이여,

너무 멀어서
별빛으로 오시는 이여!

주술

바닷게

군인들처럼 앞만 보고
앞으로만 내닫는 세상에
너는 무장 옆으로만 간다
뒤뚱뒤뚱 옆으로만 간다

돌진하는 것이 능사가 아니란다
살짝 비켜서는 것도 방법이란다
멧돼지의 저돌猪突은
용감한 게 아니라 미련한 거지
덫에 걸리기 십상이지

아서라, 바닷게는 슬프다
목청껏 소리 한번 못 지르고
저만 옆져 살아온 세상
바위 그늘에 헐렁한 게 하나
옆으로만 뒤뚱거리고 있네.

캡

제 나이도 모르고
진작 결심을 하고
나의 머리는 하얗다

오나가나 신나는 나의 백발
염색을 하면 십년은 젊겠다,
차라리 올백(all白)이 멋스럽다,
생뚱맞게 어쩌다 백발이 되었느냐,
도리 없는 답답한 사정을
한 마디씩 하고서야 성이 차나보다

어느 날
책상 위에 분홍포장지에 싸인 캡
어린이집을 떠나는 K선생,
누가 제 모습 아니랄까,
손톱만한 메모지에 깨알 글씨로
"원장님, 하얀 머리가 너무 시려요,
캡을 쓰시면 멋있을 거예요."
휘청, 어린 바람 한 줄기에
시한 지난 메마른 벽에서
웬 빗물이 번지는 것인지.

주술呪術 1

원시의 들판에는
언제나 북소리가 들린다.

성냥 살 한 개비의 환상과
나사 하나의 일탈의 상상.

둥 둥 둥 둥
불온에 몸을 떨면서
무당의 굿소리가 춤을 춘다.

거기,
나는 없고 아무도 없다.

둥 둥 둥 둥
저 휩쓸려 가는 홍수.

주술 2
-북소리

재앙의 예감이듯 환청은
지금도 불면의 밤을 두드리고

한강대교가 폭파되고
생으로 수장되는 피난민들
서울의 거리는 불타고 있다

어둠 속에 잡초의 질긴 소리
제풀에 나가떨어지기를 기다리는
모습은 없이 끊임이 없는 북소리

누가
어디서
왜
북을 두드리고 있는가?

주술 3
-처음의 총소리

뒤뜰 감나무 아래
네 오뉘 담요를 쓰고 떨 때
맨 처음의 그 총소리
음습한 날이면 어김없이 들려온다

만장처럼 펄럭이는 깃발 아래
어린 순수를 제단에 올려놓고
출정의 노래를 부르며
칼춤을 추는 자는 누구인가

언제 우리
고달프지 않은 적 있는가
가난과 배고픔과 눈물,
억울함이 없는 세상 어디 있는가
매듭 풀어줄 세상을 꿈꾸지만
용서 아니면 용서받을 길은 어디에도 없네

음습한 밤이면 들려오는
유년의 그 총소리
지금도 가위 눌리는 밤이 있다.

사랑 한번 왁자지껄하다

나무들은 땅에다 붙박고 서서
눈으로만 오가는 줄로 알았다
손 한번 잡아보지 못하고서야
무슨 사랑인들 할까보냐

단감나무 댕그라니 외로워서 대봉 한 그루 심었더니 대봉은
커녕 밤톨만한 땡감만 수도 없이 달렸다 그렇다고 맛있던
단감이 웬일로 점점 작아지고 씨만 많아지는가, 참 이상하다
는 나에게 "저 것들이 사랑을 한다."며 후배는 껄껄 웃는 거
다 듣다보니 참 괘씸하고 고약하다 늙은 부부 보란 듯이 대
놓고 사랑을 하고 있었다니 생각할수록 고약하다

젊은 것들은 멀찌감치 서서
보고만 있어도 전류가 흐르고
눈짓몸짓만으로도 활활 불이 일고
뚜쟁이 바람은 발바닥에 불이 났을 것
이 가을, 나의 쓸쓸한 뜰에
홍등을 걸어놓고 수작들이 왁자지껄하다
오늘 밤도 잠을 자기는 다 글렀네
그래도 저 것들이 효자네.

방귀

방귀처럼
수월한 일이 또 있을까
신호가 오면 살짝
뒤를 들어주면
피리에서 튜바까지 연주한다.

(똥바가지 허리에 차고도 아닌 척하지만)

살면서 모르게 쌓인 것들
찜찜하고 더부룩한 것들
'빵!' 터뜨리고 싶을 때
'피식-' 김이 새고 만다.

방귀만도 못한 세상
방귀 하나 맘대로 못하고 산다.
빤한 세상 어째보려는 심사여!
방귀나 잘 관리하면서 살아볼까.

만남
-이산가족

누가 시계를 돌려놓고
저 독한 만남을 기획하는가?

어디 눈 한 번 흘긴 적 없이
연자매를 돌리던 순명은
가슴을 녹이는 불인가
그 오래 묵은 화산이 터져
"쾅쾅!" 가슴을 쥐어박는 거였다

오오, 이별이여, 만남이여!
안개 속의 일, 안개 걷히고
말똥한 눈으로 바라보는
그리움이여, 사랑이여!

너무 가까이 있어서
너무 오래 바라보아서
우리는 떠나고 싶어지나니
이별이 슬프다고 울면서
이별 속으로, 안개 속으로
우리의 못 견딤을 숨기나니
카페에 앉아 훌짝거리면서
별같이 아름다운 이별이라고,

사랑하기에 떠난다고 말하지 마라.

새벽을 깨우는 소리

새벽을 깨우는 물소리
먼 길을 걸어온 말씀

저 소리, 거대한 군단
바다는 밤도 낮도 없이
거친 숨소리로
하얀 멍석을 말아오고 있다.

옛적
이 마을에서는
화냥질을 멍석말이 했다던가
폐륜을 멍석말이 했다던가
아주 옛적에

지금
겨울바다에는
청마가 깃발을 날리며
달려오고 있다.

과속 방지턱

첨단의 거리에서
숨을 못 쉰다는 항문의 비명
청바지 꽉 조여 입은 폐경의
흔드는 오리궁둥이를 뭐라 할까

별처럼 빛나는
말들, 비수를 품고
클랙슨에 묻히는 비명소리

'법은 나를 위해 지키는 것.'
정답을 말하는 나팔소리는 크지만
귀는 점점 퇴화되어가고
사방에 눈만 번득인다

사랑과 순정은 쇼윈도에 미소 짓고
삶은 화살같이 날아가는데
아무리 둘러보아도
과속방지턱은 보이지 않네.

뚝배기

흙이라 해도
성골로 태어난 백자청자는
높이 앉아 계시고
'뚝배기 깨지는 소리'
천덕꾸러기는
이리저리 뒹구는 개밥그릇
서리서리 서러운 뚝배기
아무리 씻어도 진한 흙냄새
아무 손에나 만만하고
아무데나 정붙여 헤프게 웃지만
저기 5일장 목폿댁 손맛으로
구수한 된장찌개 한 사발
김이 무럭무럭 오를 때
쇠주 한 잔에 커-할 때
가난 한 짐, 시름 한 짐
장바닥의 서글픈 사정들을
넉넉하게 풀어주는 뚝배기
남도 육자배기 한 자락에
눈물 한 방울 찔끔 한다.

비우라 하네

어느 초대로
호텔 뷔페식 식대에 놀라면서
두 번, 세 번 날라다 먹었네
배가 남산만 하게 잘 먹었네

사는 게, 먹는 건지
진창도 허방도 가리지 않고
할 말 못할 말 가리지 않고
먹기는 잘 먹었네

아니나 다를까, 그날 밤
속이 부글부글 끓더니
탕약을 쥐어짜는데
석쇠 위에 오징어이다가
수도꼭지를 확 열어놓자
된 것 먹고서 죄 물로 내렸네
비싼 것 먹고는 다 비워냈네
배는 등에 붙었는데
속은 참 편안해졌네.

뱃사람

기다림이 저무는 갯가에
노을이 묵화처럼 번질 때
벅찬 하루를 싣고 온 뱃사람
한 배 가득 바다를 퍼다 부린다

종일 나른하게 졸다가
시장통처럼 깨어나는 시간
생의 비린내 퍼 나르는 포구에
돌아온 전사들의 장엄한 얼굴들
최후의 돌격인 듯 달려간 주막에
오늘, 바다의 전과가 왁자하다

그렇다, 내일을 염려하기엔
우람한 팔뚝만큼이나 벅찬 하루
소주 한 병을 사발에 펑펑 부어
단호하게 단숨에 부어넣을 때
"커-!"
고달픈 하루의 당겨진 활시위가
짜르르 해면처럼 풀어져 내리고
그제야 풀꽃 같은 마누라와 아이들이
순대 한 두름 비닐봉지에 흔들거릴 때
달빛, 헤픈 웃음이

돌담 긴 골목길에 와자자하다.

아득하고 아득하여라 **4**
처음의 노래여!

새소리

나의 시詩야!
-07년 등단하여

하늘 그리워
눈 비비고 나와서

날빛 부시어
가늘게 눈을 뜬

시야!

그리움 하나로
어둠을 더듬어 왔으니

시야!
길 잃지 말거라.

봄노래

봄비에 촉촉한 햇살이
여린 것들을 어루만지고
우르르 손을 흔들어대는
숲에 노래가 자욱합니다.

천길 땅 속에서
5천 도의 온도로 빚은
지순한 금빛 노래입니다.

꽃들의 흐드러진 민요가락과
휘파람새의 진한 사랑의 고백에
숨이 턱 막힐 때
"꿩꿩!" 장끼의 화려한 지휘로
숲에는 오케스트라의 절정입니다

덩달아 고내오름은
무거운 엉덩이를 들썩거리고
푸른 바람은 내 멱살을 잡고
자꾸만 깊은 숲으로 끌고 갑니다.

한 편의 시

새벽 숲에
별빛이 내렸습니다.
그 것은 이슬이었습니다
다시 보니 눈물이었습니다

뚝, 떨어진
한 방울의 눈물
그 것은 홍수였나,
말끔히 비질을 하여

너무나
푸른 하늘이었습니다.

유채꽃

한겨울도 모르고
날마다 싱그러움이 더할 때
네게는 근심 따윈 없구나, 했는데
가는 2월, 에는 바람에, 봄은
에둘러 문턱을 넘지 못하고
자꾸 뒤돌아보는 사연은 무엇인지

어디를 기웃대다가
허겁지겁 산을 넘어온 마파람
한 사나흘 정신을 놓고 불을 지르더니
이제 막 눈물이 나려한다

들어 보아라
너덜겅들판에 저 함성은
지순한 사모 끝에 내리는 사랑
노란 순색의 꽃바람은 아득히
하늘 끝으로 내달리고 있구나

노란 파도소리 쟁쟁하여
그만 숨이 멎는 거기
부르르, 전율 이는 절정
오랜 울화병이 산산이 터지고

이 하나로 올 한 해도 거뜬하리라.

장미
—욕망

어린이집 담장에 넝쿨장미
내게로 보내는
저 선정적인 눈빛들

역시 장미는 장미,
갑자기 빨라지는 혈류

뚝, 꺾고 싶다가
열흘은 더 붉을 텐데....

하마터면
첨벙!
빠질 뻔했다.

우리 집 땡감나무

우리 집 땡감나무
속없는 여편네
치마폭에 감췄던 홍시
있는 대로 다 널어놓았네.

아침에
떼 까치 시끄럽더니
비둘기 가족
한나절을 다녀가고
직박구리 한 쌍
다정스레 노을을 쪼고 있네.

삼백예순다섯 날
새벽 제단에 뿌린 눈물
무량도하여라.

떫은 내 사랑아.

호박꽃

노란 떡잎 눈을 비비고 나오더니
한여름 무더위를 지우면서
질풍같이 울타리를 덮치고는
어두운 한낮에 꽃등을 켜들고 있네

날마다 눈부시게
아침을 열어젖히는 호박꽃
저 탐스런 웃음소리를 보아라.
호박벌들 어지러이 붕붕거리는
근위병을 거느린 여왕의 근엄한 행차

'호박꽃도 꽃이냐?'
무시와 천대에 울었건만
오늘에야 그 더욱 찬란히
너는 공산에 높이 오른 보름달
지순한 사랑은 낮은 자리에 내려
눈멀어서 슬픈 세상을 환하게 여는구나.

문득 한 소년이
호박꽃을 귀에 대고
붕붕- 벌 소리를 듣고 있네.
반딧불 호박꽃 초롱으로

밤길을 밝혀가고 있네.

가을 1

햇살은 너그러워
채 여물지 못한
여린 것들을 재촉하고
들판에 가을은 출렁이고
일손 바쁜 농부는
눈코 뜰 새 없어도
콧노래가 여유롭다.

언제는 손을 놓고
저녁거리 걱정으로
동동거리던 시절이 있었네.

빨긋빨긋 찔레 고운 숲에
배부른 멧새는 그늘에서 졸고
"사랑한다!"
풍성한 이 가을에
배고프던 시절이
웬일로 그리워지는가.

가을 2

산머루 제 맛 깊어가고
"꿩꿩!"
멀리 한적한 소리
가슴에 짙다

갈매빛 한라산
금세 눈앞으로 다가오고
뚝뚝 물방울 듣는
옥색 하늘에 새
한 마리 두 마리 세 마리.

가을이어라,
사랑이어라.

하늘 먼 끝에
눈물만 남기고
그대는
모른 체 떠나가는가.

가을 3

가을 숲에는
햇살에도 눈물이 고여
반짝이는 잎새도
해맑은 새소리도
맑게 젖고 있네요

사위는 것들 위로
날을 지우는 벌레들과
현을 타는 풀씨소리
저만큼 깊어가는 길에

누구
함께 걸어가지 않으렵니까
누구
바람 불어가지 않으렵니까

억새 하얀 바다
저 미로의 끝으로
길을 잃어보지 않으렵니까.

봄

겨울도 떠나기가 서럽던지
울며불며 한바탕하고서야 떠나고
4월도 중순에
숲에는 무슨 잔치를 베푸는지
새벽부터 불을 밝히고
풍악소리에 귀가 먹먹하다

휘파람새 뻐꾸기 쏙독새 꿩
산비둘기 직박구리 까치 개개비

벌써 일어나
온 숲을 헤집으며 요란을 떠는 것은
필시 빨가벗은 사랑의 고백일 터
저 분절 모르는 것들을
꼭 품어 안은 숲의 너그러움이여!

산은 또 느긋하게
새 물색 옷으로 단장하고
송화향수도 진하게
지긋이 누구를 기다리는지.

가을 샘터에서

길가의 민들레는
빈 대궁을 들고 먼 산을 본다
하늘이 너무 깊어서
참새의 날갯짓이 고단하다

하늘 우러러
나무는 청빈하고
십자가 아래 오래 엎드려도
몸 따로 마음 따로
배반의 골고다에 바람이 분다

'오호라, 나는 괴로운 인생이로다!'
바울*의 탄식이 가슴을 친다

샘터에 부서지는 햇살과
옛날의 피리소리 흐르는 하물*
떠나는 것들을 위하여
먼 하늘에 구름 한 점 띄운다

잘 가라,
지금 손을 씻노라.

*바울: 성경에 기록된 전도자
*하물: 제주도 애월에 있는 샘물

새소리

나무의 우듬지에서
아무도 모르게
햇빛을 굴리는 소리
바람을 굴리는 소리

묵시의 숲에는 새소리 뿐
아예 나는 너의 귀
네가 숲인 것처럼
나는 나무로 섰다

아득하고 아득하여라,
처음의 노래여!

밤마다 별빛으로 씻어내어
속살 환한 풀잎의 눈동자들
나는 귀먹고 눈멀어서
천지에 새소리뿐이다.

사랑은 나무를 심는 것

좋은 하루의 기억

뒤척이는 시름에도
오늘 하루
은혜로 내리시고

지치고 고달파도
간절하여
감사의 날이니

부대껴 상한 마음
꾹꾹 눌러서 지고 오는
하루지의 어눔이 한 짐이지만

불빛 따뜻한 창문가에
도란도란 이야기소리
조용한 뜰에 서면

아내의 미소에도
아이들의 눈에서도
별이 반짝이는 거였다.

가난한 마누라

달 같이 고운 얼굴 뉘 따라갔나?
건천이 흐르는 층층 세월에
천 원 한 장도 쪼개면서
쫓기듯 종종대더니, 저기
절뚝거리는 마누라 있네

집이 소원이라고 달고 살아
대부 받고 떡 23평을 안겨주고는
입이 함박 같을 줄 알았는데
무엇이 와락 무너져
질질 눈물만 새는 것인지

정이월 암소 오그라든 뿔
절절 끓는 방에 녹이며 살면 덧날까
손에 쥔 것 있어야 괄시 안 받는다며
보일러 줄이고 한 줌으로 앉은 마누라
손에 쥔 것도 없이 가슴만 막막하다

나까지 세 아들 잘 키운 마누라
내 인제 속 안 썩힐라 하네
"사랑한다!" 줄창 노래하면서
앉으라면 앉고, 서라면 서고

거세된 황소로 살아갈라 하네
안색 살피면서 눈치껏 살라 하네.

바다로 사는 아이

눈을 감으면 철썩이는 바다와
늘 그 자리에
어머니는 섬으로 있고, 섬 그늘에
물장구치는 벌거숭이가 있다.

물때 따라
만선의 깃발을 기다리는
소년의 바다에 먼 해조음
이어도로 떠난
아버지의 노 젓는 소리 들린다
수평선에 폐선 같은 그리움이 서성인다.

기쁜 날엔 괭이갈매기 떼
수면 위에 파시를 이루고
슬픈 날이면 바람 둥둥
너울에 누어 출렁거리곤 했지.

"왕이 자랑, 왕이 자랑!"*
비오는 밤이면 자장가 소리
지금도 들려오는 갯가에
밀물은 할머니의 손
아픈 배를 쓸어내리고

썰물은 어머니의 손
그리움을 쓸어내리고

바람 부는 날이면 방파제에
바다로 사는 아이가 서성거린다.

*왕이 자랑: 제주의 자장가.

나무를 심는 것

어린 나무
한 그루 심었네.

큰비, 큰바람 불어가는
한 여름을 그렇게
매미는 가슴을 찢었네.

허위허위
배고픈 어머니
온 땅속을 헤집고 다녔네.

나의 뜰에
풀꽃 한 송이 웃고 있네

하늘, 땅, 비, 눈
한 마음으로
어머니 웃으시네.

사랑은 나무를 심는 것,
가슴을 파서 나무를 심는 것.

거울
-자화상

낯선 사내가
멀건이 나를 보고 있다

누렁이* 큰 눈이 허전하다
휑한 머릿속엔
바람만 불어갈 거야

미간의 천변에 먼 물소리
휘파람 불면서 걸어왔을까
울면서 산 넘어온 골일까

저 봐 웃고 있어
아니 울고 있어

할 말이 많은 듯
슬픈 눈으로
웬 사내가 나를 보고 있다.

*누렁이: 어린 적 키우던 소.

바다가 보이는 국밥집에서

남들 살 듯 못하고 아내는
어디서 버린 것들만 주어왔는지
위암수술에다 디스크수술 받고
인공슬관절하러 갔다가
간경화까지 덤으로 달고 왔다
지지리도 못난 사람
낡은 차 뜯어고치다가 말겠다

아내는 서울 아들네로 가고
바다가 보이는 국밥집에서
돼지내복국밥을 뜨면서
내가 그냥 청승맞다

어디서 흘러왔을까
목젖이 보이도록 국밥을 뜨는
낯선 노인이 또 청승맞다
저 바다 험하게 건너왔으리

바람은 후줄근하고
눈 가는 끝까지 파란
6월의 바다
눈부시게 반짝이는 물비늘

붐비는 적막이 또 그렇다.

자장면

아내의 다리는
무쇠 캐터필러인 줄 알았는데
닳아버린 무릎을 갈아 끼우려고
서울 아들네로 가고

까마귀처럼
혼자 먹는 자장면

옛적, 노랗던 하늘에
내 누이 미소가 슬펐던
그 맛이 아니다
영 아니다

거리엔 걸음들이 붐비고
훌훌 까마귀처럼 앉아서
하늘은 저만 파랗고
불어터진 까막자장면,
저도 막막하다.

사촌동생

교통사고로 17년
그에게 허용된 공간은 침대뿐
두 달 만에 감았던 눈을 떴을 때
아내의 얼굴도 모르는 그 아이는
그 바닷가 물장구치던 여름과
그 겨울 산꿩을 좇으며 산다.

모처럼 보러 가면
"형님, 어떵허연 머리가 해양했수광?"*
제 백발은 모르고 내 백발만 가지고
붙고 또 붙는, 채 3분도 못 견디는 기억력
"늙어시네!"* 대답하고 또 대답하면서
인내심의 한계를 재어보다 온다.

똥오줌 수발은 제수에게 맡기고
지금도 바닷가에 사는 소년은
저 혼자만 행복하다.

하늘나라는 아이들의 나라라더니…

*해양했수광?: 어쩌다 머리가 하얗습니까?
*늙어시네: 늙어서 그렇지!

메뚜기

산길에 설핏 눈에 어리는 것
용수철이듯 튕기어서
나이 든 균형은 와르르 무너지고
엉덩이를 땅속에 처박은 메뚜기
불안한 눈초리에서
자꾸 신음소리가 새어나온다.

들로 산으로 노루이던 때에
메뚜기꼬치 삘기줄기에 꿰고 오면
우리 집 닭들이 제일 좋아하는 특식이었지
교무실에 불려가서 월사금 독촉 받고 온 날은
저물도록 암탉의 똥구멍을 들여다보았지
간 고등어 한 마리도 암탉이 사들고 왔지.

그 때엔 메뚜기세상
불도저처럼 한길 가에 구멍을 뚫고
자궁을 처박고 있는 메뚜기들
쓰나미처럼 버스바퀴가 지나가도 그냥
목숨을 걸고 지키려던 것은 무엇일까
내게 사정없이 매질을 하는 눈빛

가만히 보고 있노라니

메뚜기 여린 눈빛 속에
큰애를 놓을 때 아내의 신음소리가 있다
하늘에 어머니의 눈빛이 애잔하시다.

지는 해는 붉은 노을을 남긴다

아침에 보니 화분 옆에 쥐 대가리 하나 있다
(아무리 고양이지만 빤히 뜬 눈만큼은 차마 먹을 수가 없었
나보다)
작은 몸뚱이를 굴리고 다니던 눈으로
나를 똥그랗게 쳐다보고 있다
어린 참새가 처마에서 떨어져 있다
배만 볼록한 아프리카 난민 아이
털 하나 없이 붉은 몸뚱이, 발 하나 까딱이다가 말았다
쥐 대가리 하나, 새끼 참새 한 마리
감나무 아래 묻어주면서 유년의 그 긴 여름 날
재깍재깍 기둥시계불알처럼 어머니를 기다리다가
배고픈 노을이 참 붉었지
"쥐 대가리야, 새끼 참새야!"
처음 익은 감 툭 떨어질 때까지
그렇게 붉게 기다려 잠들지 말거라

어머니 꽃상여 타시고 난생 처음 호강하시던 날
하얀 쌀밥에 떡이며 돼지 한 마리 올렸지만
거들떠도 보지 않고 훌훌 떠나실 때
눈발이 나비처럼 팔락이다 그치고 잠시 쨍한 하늘에
지는 해는 그렇게 붉은 노을을 두고 갔다
나도 질 때면 고운 노을일까

설산에 오르니

촛불

마음도
제 마음이 아닐 때
세상 빛 다 꺼놓고
촛불을 켠다.

그 앞에
눈을 감으면
들끓던 것들
몇 길 물속에 고요하나니

하늘거리는
여린 숨결
네 작은 눈짓으로도
신음소리 들린다.

몸 살라드리는 번제燔祭*

촛불이여,
겨우 내가 보인다.

*번제: 구약시대에 하나님께 드리는 제사. 속죄제贖罪祭로 양이나 소 등을 통
째로 불살라 드림.

진실

쏟아지는 햇빛 아래
해바라기처럼
목이 마르고 싶다

때로는 구름 뒤에서
아무도 모르는 바람이지만
통곡의 벽을 치며 우레로 울 때에
이 모든, 당신을 사랑한 죄라시면
이 또한 오직 나의 길이라 진술하리다

봄비이듯 영혼에 고이시는 눈빛
살 같은 날에도 늘 내게로 있었네
등 뒤로 잔잔한 숨소리 늘 있었네
누구신가,
새벽 제단에 이명처럼 가늘게 떨리는
나를 잡고 놓아주지 않는 질긴 기구祈求
돌아보고 싶어도
눈빛 마주칠까 떨리어
행여 돌이 될까*, 앞만 보고 갑니다.

진실은 불타는 붉은 사막을 걸으면서
별빛으로 모르게 피어나는 꽃

보이지 않아도 믿음이 증거이게 하시니
석류처럼 속이 찰 때를 기다려
나는 에스겔 골짜기*의 마른 뼈,
부활의 환상으로 전율하는 영혼.

오오, 여전히 목이 마르시다는
십자가 위의 주님.

*구약에 롯의 아내가 뒤를 돌아보았다가 소금기둥이 됨.
*에스겔 골짜기: 에스겔 선지자의 환상. 골짜기에서 마른 뼈들이 살을 입고
살아나는 환상.

푸른 나무

하루가 겨워
주체하지 못할 때
누렇게 바랜
흑백 풍경으로 흐느적일 때

고내봉*에 이르러
내게 손을 흔드는 나무들
하나같이 발돋움하는 먼 곳에
푸른 샘이 깊다

나는 해체되어 흐르는 바람,
수묵화의 여백을 불어가노라니
뿌리 깊은 나무의 무궁동 기원은
저 끝 모를 원천을 호흡하여
드디어 낡은 사상의 허물에도
파란 순색의 아린芽鱗의 꿈을 꾸고 있었네

느티나무의 천년 이야기와
처음의 사랑은 한결 같아
시작도 끝도 없어라.

도둑

검은 구름 너머로
예언은 아직 옛날에 머물고
날마다 어둠이 내리지만
가질 만한 것들이 얼마나 많은 세상인가
통째로 태울 만한 유혹은 또 얼마나 많은가

웬 일인가?
나는 죽어도 손을 펼 수 없어
때는 도적같이 모르게 온다
가장 좋은 타이밍을 노린다
발쌍히 뜬 눈이 멀었을 때를 안다
보물을 모르면 도둑이 아니다
천하보다 귀한 보물을 노린다,
그리고는 아무 것도 남기지 않으리라.

다만 애통하는 소리만
새벽 찬 공기를 흔들어 가리라.

다람쥐

아지랑이 눈물겨운 날
조롱 앞에 쪼그리고 다람쥐를 본다
무장 쳇바퀴를 돌리다가
내게로 말똥한 눈동자
거기 아무도 모르는
푸른 숲, 깊이 일렁이고 있었네.

순간, 무엇이 나를 치고 갔을까
온 몸이 휘청하였는데
나는 또 무엇이
이토록 그립고 슬픈 것이냐

마라토너의 꿈은
42.195Km를 포기하지 않고 완주하는 것,
시시포스의 바위를 굴리면서
다람쥐의 꿈꾸는 그 푸른 숲으로
터덜거리면서 가서 닿기나 할 것인지

사람아,
날마다 후회하면서, 그래도
쉬지 않고 쳇바퀴를 돌리는 것은
드디어는 가서 닿을 그 푸른 숲이

꿈속에 늘 출렁이고 있기 때문이다.

하늘은 비를 내리고

하늘만 넓은 들판 끝으로
바람의 손을 잡고 간다

세상에는 비가 내리고
산도, 나무도, 풀도
줄줄 비를 내린다

때로는 노을도
붉게 지는데
별이 빛나는 밤하늘에
유성이 지는 길이 있어

하늘은 비를 내리고
줄줄 내리는 길에
비를 맞으며 간다.

오병이어
-KBS 사랑의 리퀘스트

처음엔 허공에
바람 지나는 소리였다.

달랑 천 원 한 장으로야
우는 아인들 달랠 수 있으랴

웬일로 내 유년이
저 끝에 혼자 울고 있나?

얼른
다이얼 한 번을 돌렸을 뿐인데

뚝 떨어진
눈물 한 방울

예수님의
오병이어*였다.

*오병이어: 보리떡 다섯 개와 물고기 두 마리로 5천 명을 먹이고도 12광주
리가 남았다는 예수님의 기적.

눈물을 내리셨습니다

삶은 불치의 병
당신은 눈물을 내리셨습니다
눈물이 아니고서야 슬픈 세상을
무엇으로 다독이겠습니까
어머니 고내오름*에 이적하시던 날
하늘이 무너진 열네 살
땅에 묻고 울다가, 울다가
어머니 슬픈 눈빛 "못난 놈!"하셨어요
살다가 때때로 울고 싶을 때면
그 눈빛 가슴에 있습니다
사랑도 서리병아리*, 짧은 햇살
빈 허물이 몇 길이나 깊을 때
그만 불을 끄고 몇 날을 부서지다가
부서진 나의 뜰에 소진한 눈물
하, 기막힌 무지개 하나 산마루에 떴습니다
지금도 새벽 산길에, 저녁바다에 뜨지요
언제였나요, 너무 부끄럽고 미워서
길가의 돌멩이 하나 그만 팽개쳤는데
글쎄, 천하보다 귀한 존재라니요
오오, 당신 자청하여 십자가를 지실 때
그 겨울 소리치는 파도 활활 타올라서
아, 그 눈물 파란 하늘이었습니다

가난한 아내와 아이들이 반짝이고요
내 본병 지금도 때때로 베개를 적시지만
그 때마다 더욱 그윽하여 깊어지는
새벽 숲에 고여 오는 맑은 사랑 있지요
당신은 삶의 묘약을 은총으로 내리셨습니다.

*고내오름: 제주시 고내리에 있는 오름
*서리병아리: 가을에 알을 깨고 나온 병아리.

눈이 슬픈 바람

그대는 눈이 젖은 바람
시린 바다 울면서 건너와
마른 뜰에 꿈을 깨우나니
겨우내 여위던 그리움으로
그대의 들녘에 처음 피는 꽃이려오

그대는 사랑에 눈이 먼 안개
흐느끼는 강물에 낮게 흐르며
그 언덕에 혼자 서성이는 나무
오직 그 사랑 하나를 가꾸리니
그대의 강물에 영원한 노래이려오

그대는 새벽 숲에 내리는 이슬
메마른 낙엽의 목소리로
떠나는 자의 길 위에 뿌리는
밤을 새우는 하얀 기도문
그대의 제일로 고요한 시간이려오

그대는 말없이 쌓이는 눈
달빛도 별빛도 없이 내려
가난한 흔적들을 덮으리니
그 오랜 사랑의 기억 하나로

그대의 나라를 꿈꾸려하오

그대는 혼자 떨리는 촛불
이제는 흔적도 없는 들판에
겨울이 소리치며 달릴 때에
당신이 약속한 소망의 끈으로
그대의 시간을 떨며 캄캄하여서 가리니.

땅 한 평

오나가나
한 평도 못되는
땅에 내가 있다.

그 안에
하늘이 들어오고
해도, 달도, 별도
다 들어와 놀다가네.

나 거기 스며서
아무도 모르는
한 그루 어린나무를 심겠네.

나 없어도
꽃 피고 열매 맺고
새들도 깃들어 노래하겠지.

그렇게 기도하겠네.

간이역

어쩌다 노인 한 둘을 내려놓고는
하품이 늘어지는 간이역
햇살은 지붕에 퍼질러 자고
종일 그림자 데리고 논다

이따금 심심한 바람이
힐끗 들여다보고 나면 그 뿐
허한 시간이 누레질 때
불빛 실은 막차라도 지나고 나면
꼬리 긴 유성이 진다.

한 때 붐비던 기억들
아득하여
언덕 저편에 잡초가 무성하다

어느 사무치는 날엔가
대처를 떠돌던 탕자* 돌아올까
시대의 뒤편 늙은 역사의 뜰에
외등 하나 눈을 뜨고 있다.

*탕자: 성경에, 자기 몫의 재산을 팔아서 대처로 나가 탕진하고 나서야
아버지의 사랑을 깨닫고 돌아온다.

설산에 오르니

설산에 오르니
백록담은 하얀 미사포를 쓰고
우러르는 새파란 눈의 궁전
더 높이 받들어 올린 푸른 기원은
하늘 펑펑 함박눈이 내린다

우레 치는 호통과 포효하는 바람
나무들은 땅에 엎드려 소리쳐 울고
오래 가꾸어 온 나의 색은 색이 아니었다
걸어온 내 모든 길은 일시에 길이 아니었다
한 치의 오만도 허락하지 않는
거센 눈발은 초라한 눈물조차 얼어붙고

설산에 오르니
청정한 의지는 높이 칼날이 빛나고
고결한 사랑은 낮은 데로만 내리는가
옛적 하늘의 물로 백록을 키웠나니
한라산 배꼽 같은 바위틈에 결빙으로 흐르는
신령성체 한 목음 받들 때에
날을 세운 하늘의 계시가 짜르르--
오로지 염소로 소독한 물만을 고집하여온
오장육부를 예리하게 도려내어

내 반쯤은 죽고
반쯤은 번쩍 깨어나서
떨면서, 떨면서 하산하느니
하늘은 삽시에 장막을 치고 함박눈은
흔적도 없이 나를 지우고 있다.

빈집

빈집 앞을 지나다가
처마 밑에 빈 의자에
그만 눈이 찔렸다

저기 앉아서
세상을 보다가
지는 해를 보다가
다들 떠났을까

바람이 살고
별빛이 살고
언제나 하늘이 주인

연습하면 빈집이 될까
기도하면 빈집을 주실까.

그물

'돌로 치라!'
모세의 율법으로 그물을 치고
그들은 예수에게 물었다
"이 간음한 여인을 어떻게 할까요?"
예수는 아무 말 없이
땅바닥에다 손가락으로 글을 쓰고 있더니
그 또한 그물을 던졌다
"죄 없는 사람이 돌로 치시오!"
바리세파 교인도 운집했던 관중도
돌을 놓고는 슬슬 사라지고 여인과 예수만 남았다
"나 또한 너를 정죄하지 않겠노라!"

그 때
예수는 땅바닥에다 뭐라고 썼을까?
정말 무슨 말을 쓴 것일까?
그의 그물은 무엇일까?
이천년이 지나도
나는 그의 그물이 늘 궁금하다.

섣달그믐

큰 어둠이 내리는 거리에
저마다 다른 표정들이 들뜨는데
나의 외로움은 더욱 캄캄하여
떨려오는 종소리가 초조합니다.

창밖엔 허깨비소리 달리고
이런 날이 올 줄을 알았노라고
봄부터 뻐꾸기소리는 온 산을 헤적이고
처음부터 나무들은 직립의 의지로 섰는데
내일로 미룬 오늘이 끝내
댕댕 종을 울리고 있습니다.

불현듯 깨어나는 시간들
돌아보아도, 돌아보아도
나의 빈칸엔 빼곡히 빨간 기록들
제야의 종소리는 단호하여 일호의 여유도 없이
어둠을 뚫고 화살이 가슴에 꽂힙니다.

등 뒤에 머물러 보이지 않아도
숨이 찰 때마다 들리는 그 숨소리
참 오래 참으시고, 더하여
나의 날을 기다린다, 하시기로

별빛도 없이 굴속 같은 그믐밤
함박눈이 소리 없이 쌓이는 길에
동녘으로 눈을 감고 서 있습니다.

고향적인 순결성 찾기, 그 사색의 명암

고향적인 순결성 찾기, 그 사색의 명암
―김종호의 시 세계

양영길 | 문학평론가 |

I. 들머리

오늘날의 우리들에게 진정한 의미의 고향이 있을까 싶다. 도시문명의 공허감이 어느새 그늘이 되어 어린 시절 고향의 순결성마저 방향을 잃게 만들어 버렸다. 문명 이기의 무생명성으로 인한 불모성 앞에 순진한 지식인의 외로움은 채울 길 없는 공허감으로 더욱 황량하기만 하다.

때문일까. 고향에 사는 사람들도 이방인 같은 소외감을 느낄 때가 많아지는 것 같다. 이는 사회적 부조리 불합리를 인식할 때의 고뇌에 기인한다. 사회적 부조리를 인식하는 것은 그것에 물들여지지 않으려는 지성적 고뇌이기도 하다.

현대사회는 개성을 강조하면서도 표준화 획일화에 예속되는 속도가 점점 빨라지고 있다. 자칫 군계群鷄 속의 일학―鶴에게 닭이 될 것을 요구하는 경우도 있다. 이 경우 개인은 창조적 개성을 상실함에 따라 맹목적인 인간이 되어 주체성과 정체성의 위기를 가져올 수도 있다. 닭의 무리 속의 한 마리 학이 자기 정체성을 지켜내지 못하고 닭이 되어버린다면 우리 사회는 어떻게 될까. 이러한 소외는 물신 숭배 사회의 한 그늘이기도 하다.

이런 과정에서는 고향이라는 지역공동체 유대의 결속력이 약화되어 모래알처럼 원자화될 수도 있다. 이로 말미암아 정의적 유대를 잃은 군중 속에서 우리들은 점점 외로워지고 있다. 고향적인 것의 텅 빈 혼미 속에 상실감과 소외의식이 이 시대의 화두이기도 하다.

김종호 시인은 고향적인 것에 목말라하고 있다. 김 시인의 시세계는 보통사람들이 가지는 사치스런 향수鄕愁가 아닌 근원적 향수와 모성적 그리움에 그 바탕을 두고 있다.

II. 고향적인 순결성

문명 속에서 현대인이 느끼는 고독과 삶의 우수憂愁를 치유할 수 있는 시적 의미망은 고향 모티프를 통해 더욱 가까이 다가갈 수 있다. 고향적인 순결성이 우리들의 찌든 영혼을 정화시켜주며 잃어버린 순수를 되찾아주기 때문일까. 훼손된 인간성을 회복하는 데 어머니와 같은 고향 모티프보다 더한 것은 없을 것 같다.

김 시인은 「집」, 「벌판에서」, 「좀녀」, 「바다로 사는 아이」 등을 통해 정신적 위안자로서의 어머니처럼 구원久遠한 그리움의 정서를 환기시켜 주고 있다.

집이란 때로 얼마나 떠나고 싶은가
풀숲 빈 둥지에 햇살이 고일 때
멀리 새들이 날아간 하늘을 본다

날마다 발자국을 헤다가
내가 겨워 떠난 적이 있지만, 그날로
나그네는 돌아갈 꿈으로 산다
붐비는 저잣거리, 배들의 항구에서도
밤이면 고향 바닷가를 맴돌다 오곤하였지

어두워가는 골목길에서
즐거운 아이들은 밤이 오는 것도 잊지만
가난한 두렛상에 온 식구가 둘러앉아
하루의 허기를 풋풋한 웃음으로 채우고
어린 새들은 쌔근거리며 꿈을 꾸리라

어제, 어디쯤이었을까
탯줄을 물고 꼼지락거리던 세상
떠나온, 그 아득한 에덴의 지문
시나브로 스러지는 노을 앞에 서면
길 끝에 외로운 영혼
시원의 그리움만 너울져 간다

여행은 그 길에
집으로 돌아가는 것, 오늘도
하루해가 길 떠나고 있다.
– 「집」 전문

김 시인의 '집'은 '떠남'과 '회귀'가 공존하는 공간 너머의
시간이다. "멀리 새들이 날아간 하늘을" 보며 떠나고 싶은

충동에 집을 떠난다. 그러나 막상 집을 떠나면, "나그네는 돌아갈 꿈으로" 살면서 "밤이면 고향 바닷가를 맴돌"고 "붐비는 저잣거리, 배들의 항구에서도" "돌아갈 꿈"으로 사는 나그네처럼 "시원의 그리움"으로 "외로운 영혼"이 되어 "탯줄을 물고 꼼지락거리던 세상"을 그리워하고 있다.

"무균의 발원지" "세상 모르고 살았던 열 달"의 고향을 그리워하듯 "여행은 그 길에/ 집으로 돌아가는 것"일까. 김 시인의 여행은 단순한 떠남과 회귀를 너머 인생 여정의 증후를 '집'으로 형상화하고 있다. '집'과 상대적 공간인 「벌판에서」를 살펴보자.

벌판에 서면
아득히 달려가는 하늘과 땅

기억도 흔적도 없이
무균의 발원지에서
행복이란 그런 것이었을까
세상 모르고 살았던 열 달

줄곧 질척거리면서
또 흙을 파먹으면서
열 손가락을 헤던 100년에
눈을 감았다 뜨면
그리던 고향 가는 길일까

땅을 딛고 서서

한숨을 지며 하늘을 본다
주저앉아서도 하늘을 본다
떠나고 싶으면 하늘을 본다

땅은 무겁고
두려운 하늘에
흰나비 펄럭이며
고단한 하늘을 저어간다.

- 「벌판에서」 전문

"눈을 감았다 뜨면/ 그리던 고향 가는 길일까// 땅을 딛고 서서/ 한숨을 지며 하늘을 본다"는 시인. "벌판에 서면/ 아득히 달려가는 하늘과 땅" "땅은 무겁고/ 두려운 하늘에/ 흰나비 펄럭이며/ 고단한 하늘을" "줄곧 질척거리면서" 저어가고 있다.

그러나 시인은 단순히 '집'과 '벌판'을 대비시켜 여행하는 것으로 멈추지 않고 이를 신화의 공간으로 치환하고 있다. "청정한 의지는 높이 칼날이 빛나고/ 고결한 사랑은 낮은 데로만 내리"지만 "우레 치는 호통과 포효하는 바람/ 나무들은 땅에 엎드려 소리쳐 울고" "더 높이 받들어 올린 푸른 기원은/ 하늘 펑펑 함박눈이 내"(「설산에 오르니」에서)리고 있다.

시인은 기원의 승인같은 함박눈을 맞으며 "오래 가꾸어 온 나의 색은 색이 아니었다/ 걸어온 내 모든 길은 일시에 길이 아니었다"(「설산에 오르니」에서)라고 자각하고 있다. 이러한 자각은 생명 탄생의 신성함과 성장과정의 험난함도 함께 담아내고 있다.
그 탄생의 모태인 「좀녀」를 살펴보자.

사는 게 서러워서 억센 좀녀
하늘을 차고 물속에 들면
꼴깍꼴깍 목숨을 삼키면서
모진 삶을 건져낸다
거친 물살 움켜쥐고
이녁새끼들 꿈을 캐고
지아비도 등에 지고
ㄱ웃ㄱ웃 타지는 숨
바닥을 차고 나올 때
하늘을 보랴 임을 보랴
호이—
숨비소리 허공에 촉촉하다
쇠(牛)로 못 태어나서
좀녀로 난다 했던가
먼 할머니 적 내림의
숨이 멎는 어미의 길, 물질
더는 이어갈 어느 딸년도 없고
늙은 뼈 턱 놓고 싶어도
차라리 운명으로 지고 가는 멍에
파랗게 시린 입술 덜덜 떨며
한 망사리 부치게 지고 나는
목숨 주고 건져낸 금빛 소망
저녁햇살, 청동 빛 두 다리에 부실 때

하루치의 삶이 수평선에 노을진다.
숨비소리 긴 한숨이 진다.
내일은 날씨가 좋으려나.

- 「좀녀潛女」 전문

제주의 좀녀는 "쇠(牛)로 못 태어나서/ 좀녀로 난다"고 한다.
좀녀의 작업인 물질은 "차라리 운명으로 지고 가는 멍에" 같
은 것이다. "하늘을 차고 물속에 들면/ 꼴깍꼴깍 목숨을 삼
키"고 "파랗게 시린 입술 덜덜 떨며" "거친 물살 움켜쥐고"
"모진 삶을 건져"낸다. 좀녀는 매일 물질 때마다 "하루치의
삶"을 "목숨 주고 건져낸"다.
무한한 경외감을 느끼게 하는 모성母性. 좀녀의 텃밭인 바다
와 관련지어 근원적 그리움이 한으로 깊어지면서 시인의 어
머니를 넘어 우리 모두의 어머니로 표상되고 있다.
「바다로 사는 아이」에서는 가족에 대한 애틋한 그리움을 풀
어내고 있다.

눈을 감으면 철썩이는 바다와
늘 그 자리에
어머니는 섬으로 있고, 섬 그늘에
물장구치는 벌거숭이가 있다.

물때 따라
만선의 깃발을 기다리는
소년의 바다에 먼 해조음
이어도로 떠난

아버지의 노 젓는 소리 들린다
수평선에 폐선 같은 그리움이 서성인다.

기쁜 날엔 괭이갈매기 떼
수면 위에 파시를 이루고
슬픈 날이면 바람 둥둥
너울에 누어 출렁거리곤 했지.

"왕이 자랑, 왕이 자랑!"
비오는 밤이면 자장가 소리
지금도 들려오는 갯가에
밀물은 할머니의 손
아픈 배를 쓸어내리고
썰물은 어머니의 손
그리움을 쓸어내리고

바람 부는 날이면 방파제에
바다로 사는 아이가 서성거린다.

– 「바다로 사는 아이」 전문

서정적 자아는 "물장구치"던 "벌거숭이"였다. "만선의 깃발
을 기다리는/ 소년"으로, "슬픈 날이면 바람 둥둥/ 너울에
누어 출렁거리곤" 했다. "바람 부는 날이면 방파제에/ 바다
로 사는 아이"가 되어 "밀물은 할머니의 손/ 아픈 배를 쓸어
내리고/ 썰물은 어머니의 손/ 그리움을 쓸어내리"듯 "눈을
감으면 철썩이는 바다"에 "어머니는 섬으로 있고", "이어도

로 떠난/ 아버지의 노 젓는 소리” 아직도 서성이는데, “할
말이 많”고 “큰 눈이 허전”한 “낯선 사내”가 되어 웃음과 울
음의 시간 속에서 “슬픈 눈으로”(「거울」에서) 향토적 순수에
의 그리움을 담아내고 있다.

Ⅲ. 사색의 명암

어쩌면 우리 사회는 ‘부조화의 벽’에 둘러싸여 있는지도 모
른다. 그래서 시인들은 ‘혼탁한 시속時俗에 때 묻지 않으려
는 지성적 고뇌’, ‘우리들이 사는 세상의 존재 그림자’, ‘사
색하는 존재의 명암’을 담아내기도 한다. 현대 문명의 그늘
에 점차 소외되어 가는 현대인들을 향한 연민이랄까. 피폐한
현대인의 영혼을 정화시키고자 하는 하나의 경건한 의식이
랄까.
김 시인은 몸소 겪은 아픔을 보듬어 「호박꽃」을 피우듯 구
도의 정서를 담아내고 있다.

노란 떡잎 눈을 비비고 나오더니
한여름 무더위를 지우면서
질풍같이 울타리를 덮치고는
어두운 한낮에 꽃등을 켜들고 있네

날마다 눈부시게
아침을 열어젖히는 호박꽃
저 탐스런 웃음소리를 보아라.
호박벌들 어지러이 붕붕거리는

근위병을 거느린 여왕의 근엄한 행차

‘호박꽃도 꽃이냐?’
무시와 천대에 울었건만
오늘에야 그 더욱 찬란히
너는 공산에 높이 오른 보름달
지순한 사랑은 낮은 자리에 내려
눈멀어서 슬픈 세상을 환하게 여는구나.

문득 한 소년이
호박꽃을 귀에 대고
붕붕– 벌 소리를 듣고 있네.
반딧불 호박꽃 초롱으로
밤길을 밝혀가고 있네.
–「호박꽃」 전문

시인은 시인詩人이기 이전에 시인視人이었을까. “무시와 천대
에 울”고 “지순한 사랑은 낮은 자리에 내려/ 눈멀어서 슬픈
세상”을 밝히기 위해 “어두운 한낮에 꽃등을 켜들고 있”다.
아름답고 숭고한 것들은 경박함에 현혹되어 외면당하고 있
는 이 세상을 “날마다 눈부시게/ 아침을 열어 젖히”고 있다.
그 아침에 “옛날의 피리소리 흐르”(「가을 샘터에서」에서)면
“꽃들의 흐드러진 민요가락과/ 휘파람새의 진한 사랑의 고
백”(「봄노래」에서)도 그려 넣고 “샘터에 부서지는 햇살과”
“먼 하늘에 구름 한 점 띄”(「가을 샘터에서」에서)우고 있다.
김 시인에게 이러한 밑그림의 「진실」은 무엇이었을까.

쏟아지는 햇빛 아래
해바라기처럼
목이 마르고 싶다

때로는 구름 뒤에서
아무도 모르는 바람이지만
통곡의 벽을 치며 우레로 울 때에
이 모든, 당신을 사랑한 죄라시면
이 또한 오직 나의 길이라 진술하리다

봄비이듯 영혼에 고이시는 눈빛
살 같은 날에도 늘 내게로 있었네
등 뒤로 잔잔한 숨소리 늘 있었네
누구신가,
새벽 제단에 이명처럼 가늘게 떨리는
나를 잡고 놓아주지 않는 질긴 祈求
돌아보고 싶어도
눈빛 마주칠까 떨리어
행여 돌이 될까, 앞만 보고 갑니다.

진실은 불타는 붉은 사막을 걸으면서
별빛으로 모르게 피어나는 꽃
보이지 않아도 믿음이 증거이게 하시니
석류처럼 속이 찰 때를 기다려
나는 에스겔 골짜기의 마른 뼈,
부활의 환상으로 전율하는 영혼.

– 「진실」 전문

"대처를 떠돌던 탕자"(「간이역」에서)에게 "진실은 불타는 붉은 사막을 걸으면서/ 별빛으로 모르게 피어나는 꽃"이었을까. 시인은 거짓과 기만으로 가득한 세상을 "허구의 꽃은 화려하"(「새해의 기도」에서)다고 전제하고 있다. "사랑은 온실에서 피는 장미/ 풍족하여 더욱 피폐한 가슴은/ 가자미의 눈으로 해를 가리고/ 한여름 시냇가의 무성한 기도는/ 서늘한 그늘에 요란한 매미"(「새해의 기도」에서)처럼, 간절하게 마음을 실어야 할 기도마저도 무성의하고 요란하기만 한 세태. "사랑과 순정은 쇼윈도에 미소 짓"(「과속방지턱」에서)듯 전시되고 있다.

김 시인에게 있어 진실은 "때로는 구름 뒤에서" "통곡의 벽을 치며 우레로 울 때" "아무도 모르는 바람"이었을까. 김 시인이 살아온 여정은 "쏟아지는 햇빛 아래/ 해바라기처럼/ 목이 마르"다.

진실에 목마른 이야기 「방귀」를 살펴보자.

방귀처럼
수월한 일이 또 있을까
신호가 오면 살짝
뒤를 들어주면
피리에서 튜바까지 연주한다.

(똥바가지 허리에 차고도 아닌 척하지만)

살면서 모르게 쌓인 것들
찜찜하고 더부룩한 것들
'빵!' 터뜨리고 싶을 때
'피식–' 김이 새고 만다.

방귀만도 못한 세상
방귀 하나 맘대로 못하고 산다.
빤한 세상 어째보려는 심사여!
방귀나 잘 관리하면서 살아볼까.
– 「방귀」 전문

비인간화, 물신숭배로 대표되는 낯선 힘 앞에 한 개인은 얼마나 무력한 존재인가. 물질만능의 팽배로 정신적 가치가 외면당하여 구린내 나는 부조리한 사회. 이런 세상에 "살면서 모르게 쌓인 것들/ 찜찜하고 더부룩한 것들"처럼, 이 세상은 여러 모로 뒤틀리고 우그러져 있다. 이렇게 뒤둥그러진 세상을 조소하듯 "방귀만도 못한 세상"을 "방귀처럼 수월한 일"(「방귀」에서)로 희화화하고 있다. 시인의 사색은 "이따금 바람만 기웃거리는/ 시골 우체국 뜰에/ 생각도, 말도 잊어버린/ 빨간 망부석"(「애월우체국3」에서)처럼 외롭고 쓸쓸하기만 하다.

"숨어서 울어본 사람"은 "소금이/ 눈물을 저린 옹이라는 걸"(「소금」에서) 안다는 시인의 「바닷게」를 살펴보자.

군인들처럼 앞만 보고
앞으로만 내닫는 세상에

145

너는 무장 옆으로만 간다
뒤뚱뒤뚱 옆으로만 간다

돌진하는 것이 능사가 아니란다
살짝 비켜서는 것도 방법이란다
멧돼지의 저돌豬突은
용감한 게 아니라 미련한 거지
덫에 걸리기 십상이지

아서라, 바닷게는 슬프다
목청껏 소리 한 번 못 지르고
저만 옆 져 살아온 세상
바위 그늘에 헐렁한 게 하나
옆으로만 뒤뚱거리고 있네.

– 「바닷게」 전문

세상은 "앞으로만 내닫"고 "저만 옆 져 살아온 세상" "목청
껏 소리 한 번 못 지르고" "살짝 비켜서는 것도 방법"이라
고, "돌진하는 것이 능사가 아니"라고, "멧돼지의 저돌은/
용감한 게 아니라 미련"한 것이었다. "덫에 걸리"지 않기 위
한 자기 검열을 잘 해야만 살아남을 수 있는 '벌판' 같은 세
상이었다.
"몇 십 번을 울"어야 향기 있는 꽃을 피울 수 있을까. "달이
진 자리에/ 꽃씨 하나" "긴 운명으로 기어나와/ 물 때 기다
려 눈썹 달 띄우"듯 피어나는 인동꽃. 김 시인은 "밤이면/
가슴에"(「인동초 2」에서) 사무치는 사연까지 함께 피워내고

146

있다.

Ⅳ. 여백, 그리고 여운

김종호 시인은 "구수한 된장찌개 한 사발"에 쇠주 한 잔 들이키고는 "가난 한 짐, 시름 한 짐"(「뚝배기」에서) 풀어놓는 뚝배기같은 시인이다. "왕대포 한 잔에 손을 놓지 못하"(「편지」에서)는 소박한 시인.

그의 시 전편에는 참다운 의미의 '인간 세상'이 도래하기를 바라는 간절한 마음이 담겨 있다. "썩지 않고서/ 깊어지는 사랑"(「세월이 익어가는」에서)이 없는 것처럼 "조락의 슬픈 눈빛을 마주"할 때도 "등꽃연등을 환하게 흔들"(「조락」에서)고 있다.

이제, 시인이 고향에 대답할 때가 되었을까. '사랑은 가슴을 파서 나무를 심는 것'(「나무를 심는 것」에서)처럼 암울한 시대의 허무를 극복하고 새롭게 물음을 던지고 있다. 시인의 고향과 바다는 원시原始가 아닌 원시源時적 공간이 되어 "어느 사무치는 날" "시대의 뒤편 늙은 역사의 뜰에/ 외등 하나 눈을 뜨"(「간이역」에서)듯 구도자가 되어 진정한 사색의 의미를 찾고 있다.

그의 시에는 소시민적 서정과 현대인의 고독, 그리고 삶의 우수憂愁가 깃들어 있다. 삶의 모순과 부조리를 바라보는 안타까움과 고향적인 그리움을 시의 행간마다 깊고 넓게 담아내고 있는 것이다. 김종호 시인의 시에는 따뜻한 인간애를 고양시키려는 소박한 샘물이 끊임없이 흐르고 있다.